Ernst Heinrich Philipp August Haeckel

Das Leben in den grössten Meerestiefen

Antigonos

Ernst Heinrich Philipp August Haeckel

Das Leben in den grössten Meerestiefen

Unveränderter Nachdruck der Originalausgabe von 1870.

1. Auflage 2024 | ISBN: 978-3-38613-673-0

Antigonos Verlag ist ein Imprint der Outlook Verlagsgesellschaft mbH.

Verlag: Outlook Verlag GmbH, Zeilweg 44, 60439 Frankfurt, Deutschland, info@outlook-verlag.de
Vertretungsberechtigt: E. Roepke, Zeilweg 44, 60439 Frankfurt, Deutschland
Druck: Libri Plureos GmbH, Friedensallee 273, 22763 Hamburg, Deutschland

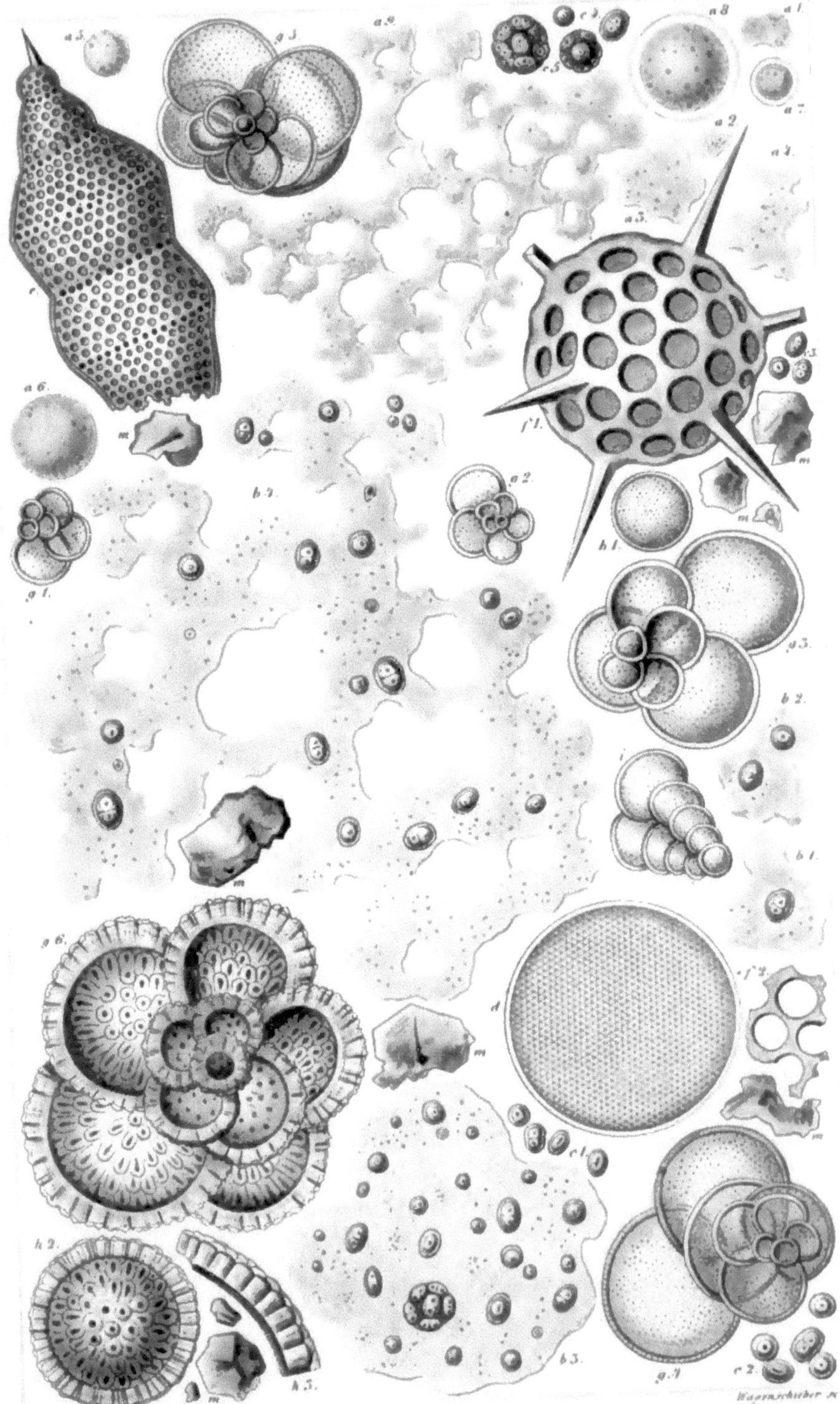
E. Haeckel del.
Wagenschieber sc.

Das
Leben in den grössten Meerestiefen.

Von

Dr. Ernst Haeckel,
Professor in Jena.

Vortrag, gehalten am 2. März 1870 im akademischen
Rosensaale zu Jena.

Mit 1 Titelbild in Kupferstich und 3 Holzschnitten.

Berlin, 1870.
C. G. Lüderitz'sche Verlagsbuchhandlung.
A. Charisius.

In den letzten dreizehn Jahren haben die Regierungen von England, von Schweden und von den vereinigten Staaten eine Anzahl von Kriegsschiffen für einen Zweck ausgerüstet, der früher niemals ein Arsenal in Bewegung gesetzt hat. Es galt dabei weder eine kriegerische noch eine diplomatische Mission. Auch handelte es sich nicht um eine von jenen zahlreichen und berühmten Entdeckungs-Reisen, durch welche insbesondere die englische Marine sich um unsere Kenntniß ferner Erdtheile und ihrer Bewohner so hoch verdient gemacht hat. Der Zweck dieser Expeditionen war vielmehr ein ganz anderer und neuer. Es sollten in großartigem Maaßstabe genaue Untersuchungen über die Beschaffenheit des Meeresbodens in den größten Tiefen des Oceans, und über die Spuren von organischem Leben, die etwa dort zu finden seien, angestellt werden.

Die erste Veranlassung zu diesen Untersuchungen gab der elektrische Draht, welcher seit vier Jahren, die Schranken von Raum und Zeit überspringend, Europa und Amerika in den unmittelbarsten geistigen Verkehr gesetzt hat. Um dieses Telegraphen-Kabel legen zu können, mußte zuvor der Grund des atlantischen Oceans bezüglich seiner Tiefe und Bodenbeschaffenheit auf das genaueste geprüft und ausgemessen werden. Als nun im Jahre 1857 das englische Kriegsschiff Cyclops unter dem Kommando von Capitän Dayman diese Prüfung ausführte, stieß man auf lebendige Thiere in Meerestiefen, die man bis dahin für gänzlich todt und entblößt von allem vegetabilischen und thierischen Leben gehalten hatte. Auch ergab sich bei mikroskopischer Untersuchung des feinen Schlammes, der jene Tiefen bedeckt, daß derselbe zum großen, ja oft zum größten Theile aus zahllosen kleinen Organismen zusammengesetzt sei. Diese überraschende Thatsache regte zu einer eingehenden Untersuchung aller Verhältnisse der größten Meerestiefen und ihrer lebendigen Bewohner an, und führte zu den interessanten Resultaten, von denen mein Vortrag in gedrängter Kürze Bericht abstatten soll.

Die Verbreitung dieser Resultate in weiteren Kreisen erscheint nicht bloß wegen der wichtigen allgemeinen Folgerungen wünschenswerth, die sich daran knüpfen lassen, sondern auch deßhalb, weil sie geeignet sind, lebhafteres Interesse für die außerordentlich interessante Gruppe der niederen Seethiere zu erwekken. Im Ganzen ist unsere nähere Kenntniß von den lebendigen Bewohnern des Meeres überhaupt noch sehr jungen Alters. Obgleich schon Aristoteles, 350 Jahre vor Christi Geburt, in seiner berühmten Naturgeschichte den Seethieren besondere Aufmerksamkeit gewidmet und viele merkwürdige Thatsachen aus ihrem Leben mitgetheilt hatte, blieb dennoch mehr als zwei Jahrtausende hindurch das Interesse an diesen Geschöpfen fast ganz erloschen. Auch der neu belebte Eifer, mit dem im vorigen Jahrhundert die Naturgeschichte der Thiere und Pflanzen wieder in Angriff genommen wurde, berührte die Bevölkerung des Meeres im Ganzen nur wenig. Die vorzugsweise das feste Land bewohnenden Thiere und Pflanzen, namentlich die großen Säugethiere und Vögel, und unter den kleineren Thieren die Insecten, nahmen die Aufmerksamkeit ganz vorwiegend für sich in Anspruch). Erst in unserem Jahrhundert wandte sich die Wißbegierde der Naturforscher auch den vernachläſſigten Meeresbewohnern wieder zu und wurde bald durch eine Fülle der überraſchendſten Entdeckungen belohnt. Insbeſondere in den letzten dreißig Jahren ſind alljährlich Zoologen und Botaniker, mit Mikroſkop, Netz und anatomiſchem Beſteck bewaffnet, an die Meeresküſte gezogen, und haben die biologiſche Wiſſenſchaft mit einem wahren Schatze intereſſanter Thatſachen bereichert. Die früher kaum dem Namen nach gekannten Abtheilungen der Wurzelfüßer, Meduſen, Sternthiere, und viele andere niedere Thiergruppen des Oceans ſtehen in Bezug auf Mannichfaltigkeit und Reiz der Formen und Lebenserſcheinungen den landbewohnenden Inſecten und Wirbelthieren keineswegs nach; ſie übertreffen dieſelben ſogar in vieler Beziehung. Auch ſind von den ſieben großen Hauptabtheilungen, in welche die neuere Zoologie das Thierreich eintheilt, nicht weniger als vier zum größten Theile auf das Meer beſchränkt; eine derſelben lebt ausſchließlich im Meere (die Sternthiere oder Echinodermen); und nur zwei Abtheilungen, die Wirbelthiere und Gliederthiere, bilden jenen gegenüber die ganz überwiegende Bevölkerung des Feſtlandes. Für die wiſſenſchaftliche Zoologie aber, welche nach einem wahren Verſtändniß der Erſcheinungen und nach den bewirkenden Urſachen der biologiſchen Thatſachen ſtrebt, muß die Kenntniß gerade der niederen Seethiere um ſo höhere Bedeutung beanſpruchen, als dieſe letzteren vorzugsweiſe geeignet ſind, uns zur Löſung der größten biologiſchen Räthſel zu führen. Was das Leben iſt, wie es entſtand, wie es ſich entwickelt hat, das lehren uns grade die niederſten und unvollkommenſten Bewohner der Meerestiefen; unter ihrer geheimnißvollen Schaar ſind auch die Wurzeln der höher entwickelten Thiergruppen verborgen, die uralten Stammformen, aus denen die letzteren ſich wahrſcheinlich entwickelt haben.

Der allergrößte Theil unserer Kenntnisse vom Leben des Meeres beruhte übrigens bis vor wenigen Jahren fast nur auf denjenigen Beobachtungen, welche an den Bewohnern der Küsten und der Oberfläche des Meeres angestellt worden waren. In größere Tiefen war die biologische Forschung bis vor zwanzig Jahren noch nicht vorgedrungen. Es herrschte sogar fast ganz allgemein die Ansicht, daß der Reichthum und die Mannichfaltigkeit der Pflanzen= und Thier=Bevölkerung nur an den Küsten bis in sehr geringe Tiefen hinab zu finden sei, und daß mit zunehmender Tiefe das Leben rasch abnehme und endlich vollständig aufhöre. Man glaubte, daß der ungeheure Druck der Wassersäule, der völlige Mangel an Licht, die fehlende Wasserbewegung und andere Verhältnisse der größeren Meerestiefen jede Entwickelung von thierischem und pflanzlichem Leben verhindere und ausschließe.

Allerdings konnte diese Vorstellung ganz gerechtfertigt erscheinen, angesichts der gewaltigen Verschiedenheit, welche die Existenzbedingungen in den größeren Meerestiefen wirklich darbieten. In unseren Meeren ist schon bei 150 Fuß Tiefe das helle Tageslicht in rothgelbe Dämmerung umgewandelt Schon bei 600 Fuß Tiefe herrscht absolute Dunkelheit. In weniger als tausend Fuß Tiefe ist auch in den klarsten Meeren und bei dem blendendsten Schein der Tropensonne jede Spur eines Lichtschimmers verschwunden. Wenn man nun bedenkt, wie wichtig das Licht für das organische Leben, namentlich der Pflanzen ist, wie ohne dasselbe keine Farbe existirt, so wird man schon aus diesem Grunde die ewige Nacht der tiefen Abgründe für absolut lebensfeindlich halten. Dazu kommt die niedere Temperatur des Wassers in den größeren Tiefen. Obgleich die Angaben der verschiedenen Beobachter hierüber sehr abweichen, so stimmen doch alle darin überein, daß überall in den bedeutenderen Tiefen, min=

destens unterhalb 3000 Fuß, die Wasser=Temperatur entweder auf dem Gefrierpunkt oder doch diesem sehr nahe steht. Es scheint sogar, daß in den tieferen Abgründen, unterhalb 10,000 Fuß, das Wasser eine Temperatur unter Null besitzt, ohne zu gefrieren.

Die eigenthümlichste Existenzbedingung jedoch, welcher die Organismen in größeren Meerestiefen ausgesetzt sind, ist der ungeheure Druck der auf ihnen lastenden Wassersäule. Dieser beträgt bereits in einer Tiefe von Eintausend Fuß 313 Atmosphären, demnach in 20,000 Fuß 6260 Atmosphären. Wyville Thomson giebt davon ein anschauliches Bild, indem er bemerkt: „Ein Mann in der Tiefe einer englischen Meile trägt auf seinem Körper ein Gewicht gleich demjenigen von zehn gewöhnlichen Güterzügen, die mit Eisenschienen beladen sind. Da nun eine englische Meile etwas über 5000 Fuß lang ist, die tiefsten gemessenen Abgründe aber über sechs englische Meilen tief sind, so würde ein Mensch auf dem Boden dieser Abgründe einen Druck auszuhalten haben, welche demjenigen von sechzig solcher mit Eisen beladenen Güterzüge gleich ist. Genauer ausgedrückt ist in 32,000 Fuß Tiefe der Druck gleich tausend Atmosphären. Jede Atmosphäre lastet aber auf einem Quadratfuß Bodenfläche mit einem Gewicht von 2176 Pfund. Es war demnach gewiß sehr natürlich, daß man die Existenz organischen Lebens unter einem solchen Drucke bezweifelte. Diese Zweifel schienen ihre feste Begründung durch die Untersuchungen des Engländers Edward Forbes zu gewinnen, des ersten Naturforschers, welcher mittelst des Schleppnetzes oder der Dredge die genauere Erforschung der Fauna und Flora in verschiedenen Meerestiefen unternahm. Forbes wies nach, daß sich die Thier= und Pflanzenbevölkerung der Küsten beim Hinabsteigen in die Tiefe ebenso zonenweise verändere, wie die Fauna und Flora der Gebirge beim Hinaufsteigen in die Höhe. Anderen Tiefenzonen

entsprechen andere organische Formen. Demgemäß theilte For=
bes die submarine Küstenabdachung in eine Anzahl von mehreren
horizontalen, übereinander liegenden Zonen oder Tiefengürteln.
Die letzte und tiefste von diesen Zonen sollte zwischen 100 und
300 Faden (600 und 1800 Fuß) liegen. Das organische Leben
sollte innerhalb derselben immer mehr abnehmen. Die Pflanzen
sollten schon bei 1400, die Thiere bei 1800 Fuß Tiefe völlig
aufhören und in den Tiefen unterhalb zweitausend Fuß sollte
alles organische Leben erloschen sein.

Diese Augaben von Forbes erwarben sich fast allgemeine
Annahme. Aber auf unvollkommene Methoden der Untersuchung
und auf unvollständige Beobachtungsreihen gegründet, haben sie
sich jetzt als vollständig unrichtig herausgestellt. Die vorher er=
wähnten Tiefgrund=Untersuchungen des atlantischen Oceans, welche
mit vervollkommneten Instrumenten und besseren Methoden aus=
geführt wurden, haben im Gegentheil ergeben, daß das organische
Leben in massenhafter Entwickelung von zahllosen Indivi=
duen (wenn auch nur in wenigen verschiedenen Formen) sich bis
in die tiefsten Abgründe des Oceans hinaberstreckt. Diese Ab=
gründe erreichen zum Theil eine Tiefe, welche größer ist, als die
Höhe der höchsten Gebirge über dem Meeresspiegel. Im nörd=
lichen atlantischen Ocean haben die Messungen der letzten Jahre
Tiefen von 25,000—28,000 Fuß erreicht. Ja in einigen Fällen
hat das Senkloth bei 32,000 Fuß noch keinen Grund gefunden.
Der Himalaya, das höchste Gebirge unserer Erde, könnte in
diesen Tiefen auf dem Meeresboden begraben liegen, und unsere
größten Schiffe könnten über seine höchsten Spitzen hinwegfahren,
ohne sie zu berühren.

Die genaue Untersuchung dieser ungeheuren Abgründe und
der lebendigen Bewohner, die dort unten begraben sind, ist selbst=
verständlich sehr schwierig, und hierin liegt auch die Entschuldigung

dafür, daß sie uns erst in den letzten Jahren besser bekannt ge=
worden sind. Sie kann gar nicht verglichen werden mit der ver=
hältnißmäßig leichten Untersuchung des Küstenbodens von ge=
ringer Tiefe. Dieser letztere kann am besten und vollständigsten
in der Taucherglocke untersucht werden. Jedoch sind die Spazier=
gänge und Excursionen, welche man in der Taucherglocke auf
dem Meeresboden anstellen kann, bei der unvollkommenen Aus=
bildungsstufe dieses wichtigen Instrumentes immerhin etwas
mißlich und gefährlich. Selbst der eifrigste Naturforscher ent=
schließt sich dazu nur schwer. Man wendet deßhalb zur zoologi=
schen Ausbeutung des Meeresbodens in geringeren Tiefen ge=
wöhnlich das Schleppnetz oder Scharrnetz an (auch Dragne oder
Dragge, Dredge oder Dredsche genannt). Das ist ein einfaches
Gerüst von zwei oder drei starken Eisenstäben, welche am einen
Ende an einem Tau befestigt, am anderen Ende dagegen fest
mit einem eisernen Rahmen verbunden sind. Dieser letztere kratzt
mit seiner scharfen Schneide messerartig den Meeresboden ab,
wenn das Netz niedergesunken ist und nun am Tau fortgezogen
wird. Alles, was da unten wächst und kriecht, wird so zusam=
men gescharrt, und fällt bunt durcheinander in einen Sack von
grober Leinwand oder starkem Netzwerk, dessen Mündung an dem
eisernen Rahmen befestigt und ausgespannt ist. Gewöhnlich wirft
man das Netz vom Boot aus in die blaue Tiefe, rudert dann
eine Strecke weit fort, während das Netz am Taue nachgezogen
wird, und windet nach einiger Zeit das Netz am Tau herauf.
Die abgekratzte Decke des Meeresbodens wird dann aus dem
Sack des Netzes in das Boot geschüttet und durchmustert.

Diese Plünderung des Meeresbodens mit dem Schleppnetz
oder der Dredsche ist ein Jagdvergnügen von ganz eigenem Reize,
wenn auch oft Geduld und Kräfte stark auf die Probe gestellt
werden. Die neugierige Spannung, was wohl für kostbare

Schätze aus der verborgenen Tiefe das aufs Gerathewohl ausge=
worfene Netz heraufziehen möge, ist groß; sie wächst mit den
Anstrengungen, welche die schwere Arbeit des Dredschens erfordert.
Die Aufregung und der Eifer des dredschenden Zoologen sind
nicht geringer, als die des californischen Goldgräbers. An man=
chen Tagen ist der Ertrag des Schleppnetzes so reich, daß alle
mitgenommenen Eimer, Büchsen und Gläser nicht genügen,
um die erbeuteten Schätze aufzunehmen. An andern Tagen ist
alle Mühe vergebens aufgewendet, und mißmuthig, enttäuscht
und ermüdet kehrt man am Abend mit leeren Händen heim.
Schon als ich vor elf Jahren in Neapel und Messina dredschte,
habe ich diese Leiden und Freuden der Schleppnetzfischerei reich=
lich gekostet, und nicht minder im vorigen Sommer, wo ich
mehrere Wochen die norwegische Küste bei Bergen mit der
Dredsche absuchte. Bisweilen zog ich hier das Netz so schwer gefüllt
empor, daß ich hoffte, alle meine Gläser mit Thieren füllen zu
können, und wenn der Sack des mühsam heraufgewundenen
Netzes ausgeschüttet wurde, rollten Nichts als Steine heraus.
Andere Male glaubte ich das Netz fast leer heraufzuziehen, und
als es über Wasser erschien, überraschte mich der Anblick einer
prachtvollen Koralle oder Seerose, einer zierlichen Seelilie oder
eines herrlichen Seesterns. Eines Tages hatte ich mich mit Ab=
suchen eines Fjordes in der Nähe von Bergen den ganzen Tag
über in strömendem Regen umsonst geplagt. Als ich endlich am
Abend ermüdet und entmuthigt nach Hause fuhr, fiel es mir beim
Herausrudern aus der Einfahrt des Fjords ein, in dieser schmalen
Meeresenge noch einen letzten Versuch zu machen. Das Schlepp=
netz wurde noch ein Mal ausgeworfen und schwer gefüllt herauf=
gewunden; und siehe da: beim Ausschütten des Sackes füllte
sich das ganze Boot mit den herrlichsten Schätzen: prächtige pur=
purrothe Seesterne von mehr als einem Fuß Durchmesser, stache=

lige Seeigel von der Größe eines Kindeskopfes, schwarze große See=
gurken, zarte weiße Seelilien mit gefiederten Armen, dünne
langbeinige Seespinnen und feiste wohlgenährte Krabben, da=
zwischen große bunte Ringelwürmer, ungeheuer lange Schnur=
würmer, prächtige Muscheln und Schnecken, Alles kroch und
krabbelte in bunten Haufen durcheinander!

Wenn übrigens das Schleppnetz nicht sehr klein ist, so er=
fordert sein Gebrauch viel Umsicht und Anstrengung. Mit großer
Sorgfalt muß man auf Lage und Bewegung des Netzes achten,
welche durch eine auf dem Wasser schwimmende Boie angezeigt
wird. Die Boie ist ein leichtes Stück Holz oder Kork, das mit=
telst einer besonderen Leine am Netzbügel befestigt ist. Oft bleibt
das Netz zwischen Steinen und Klippen hängen, und kann nur
mit großer Mühe wieder flott gemacht werden. Nicht selten geht
es dabei ganz verloren. Das Heraufwinden des Netzes, wenn es
mit ein paar Centner Steinen erfüllt ist, erfordert in einem
kleinen Boote mit wenig Mannschaft große Vorsicht und vielen
Kraftaufwand.

Für die Untersuchung der größeren Tiefen genügt ein so
einfaches Schleppnetz natürlich nicht. Da ist ein sehr compli=
cirter Apparat von Tauen, Netzen, Lothen, Winden und anderen
Instrumenten erforderlich. Am unteren Ende der Senkleine,
welche eine Länge von 20,000—24,000 Fuß haben muß, wird
ein Senkloth von sehr sinnreicher Construction befestigt. Die
neueste Erfindung der Art, von Fitzgerald, macht es mög=
lich, einen kleinen Eimer voll Schlamm aus den größten Tiefen
zu holen. Um mit einem solchen Senkloth die tiefsten Abgründe
des Meeres zu sondiren, ist ein großes Schiff mit zahlreicher
Mannschaft nöthig. Wie schon erwähnt, haben die englische,
die schwedische und die nordamerikanische Regierung zu diesem
Zweck schon verschiedene Kriegsschiffe ausgesendet. Insbesondere

hat die englische Admiralität auf Antrag von Professor Car=
penter im Sommer 1868 das Kanonenboot „Lightning“ und
im Sommer 1869 ein größeres Kriegsschiff („Porcupine“, das
Stachelschwein genannt) den dredschenden Zoologen zur Ver=
fügung gestellt. Im letzten August traf ich zufällig in Bergen
den Herrn Gwyn Jeffreys aus London, einen der eifrigsten
Dredscher, der schon seit Jahren die Tiefen der Nordsee durch=
forscht hatte. Er theilte mir die Zeichnung und Beschreibung
der Dredsche=Apparate mit, welche die Admiralität dem Kriegs=
schiff Porcupine mitgegeben hatte, und erregte dadurch meinen
Neid und meine Bewunderung. Zu bewundern war auch hier,
wie gewöhnlich bei ähnlichen Unternehmungen der Engländer,
das praktische Geschick, die unermüdliche Energie und die ver=
schwenderische Ausstattung mit allen möglichen Hülfsmitteln für
diese rein wissenschaftliche Expedition. Zu beneiden waren die
glücklichen Naturforscher, Professor Carpenter und Professor
Wyville Thomson, denen solche reiche Mittel und solche un=
vergleichliche Gelegenheit geboten wurde.

Die wichtigsten Resultate nun, welche sich aus diesen Tief=
grund=Untersuchungen des letzten Decenniums, und vorzüglich aus
den sehr ausgedehnten und sorgfältigen Beobachtungen der letzten
beiden Jahren übereinstimmend ergeben haben, sind in Kürze,
soweit sie sich bis jetzt sicher übersehen lassen, folgende: Die große
Mannichfaltigkeit und Ueppigkeit des Thier= und Pflanzen=Lebens,
welche man an den meisten Meeresküsten wahrnimmt, und welche
an Formenreichthum die Festland=Bevölkerung weit übertrifft, be=
schränkt sich an den meisten Meeresküsten nicht auf geringe
Tiefen, wie man früher annahm, sondern erstreckt sich in unver=
minderter Fülle wenigstens über 1000 Fuß Tiefe hinab, in vielen
Fällen bis gegen 1500 und 2000 Fuß. Das Pflanzenleben,
welches durch die formenreiche Klasse der Algen oder Tange in=

nerhalb der erſten fünfhundert Fuß ſo reich vertreten iſt, ſcheint gewöhnlich ſchon bei eintauſend Fuß Tiefe an Mannichfaltigkeit der Arten und Maſſe der Individuen ſtark abzunehmen. In Tiefen von 1200—1500 Fuß iſt es nur noch ſehr ſpärlich und wohl nur ſelten ſteigen einzelne niedere Tangarten unter 2000 Fuß hinunter. Das Thierleben dagegen erreicht wenigſtens die doppelte verticale Ausdehnung in der Tiefe und geht in anſehn= lichem Reichthum von Formen noch unter 3000 Fuß hinab.

Den norwegiſchen Fiſchern iſt es ſchon ſeit langer Zeit be= kannt, daß in einer Tiefe von 1500—2000 Fuß noch eine be= trächtliche Anzahl von verſchiedenen Fiſchen und Krebs=Arten lebt, zum Theil von anſehnlicher Größe. Unter dieſen befinden ſich ſogar einige Fiſche, welche wegen ihres vortrefflichen Fleiſches und der großen Menge, in der ſie vorkommen, einen ſehr geſchätzten Handels=Artikel bilden. Das ſind namentlich Fiſche aus der Familie der Gadoiden (Dorſche, Klippfiſche, Schellfiſche u. ſ. w.). Von dieſen kommen z. B. der wohlſchmeckende „Leng“ (Molva vulgaris) und der über 4 Fuß lange, in noch größeren Tiefen lebende „Birkeleng“ (Molva abyssorum), ferner der nahe ver= wandte „Brosme“ (Brosmius brosme) in großer Menge auf den Fiſchmarkt von Bergen. Zu dieſen Gadoiden geſellen ſich in jenen nordiſchen Meerestiefen noch viele andere Fiſche, nament= lich die ellenlangen, prachtvoll ſcharlachroth gefärbten Marulken (Sebastes norvegicus), deren Rückenſtacheln die Eskimos als Nadeln benutzen; ferner ein im Eismeer allgemein verbreiteter Haifiſch (Scymnus microcephalus), ſowie verſchiedene Arten aus der Familie der plattgedrückten Schollen oder Plattfiſche (Pleuronectides), jener merkwürdigen Fiſche, bei denen die bei= den Augen auf einer Seite des plattgedrückten Körpers, entweder auf der rechten oder auf der linken liegen. Nur die Körper= ſeite, auf welcher die beiden Augen liegen, iſt gefärbt. Die andere Seite, mit welcher sie flach auf dem Meeresboden liegen, ist farblos. Offenbar haben diese unsymmetrischen Schollen ihre sonderbare Körperform, durch die sie sich von allen anderen Fischen unterscheiden, durch die Gewohnheit erhalten, sich mit einer Seite, der rechten oder linken, flach auf den Meeresboden zu legen und dabei mit dem halbverdrehten Kopfe nach oben zu schielen. Durch diese eigenthümliche Anpassung ist im Laufe zahlreicher Generationen allmählich die ganze Form des Körpers, und namentlich des Kopfes, unsymmetrisch geworden, und hat sich dann durch Vererbung von der gemeinsamen Stammform der Pleuronectiden auf alle die zahlreichen Arten übertragen, in welche sich späterhin diese Fischfamilie gespalten hat. In frühester Jugend sind übrigens alle Schollen symmetrisch gebaut und erst im Laufe ihres Wachsthums und ihrer individuellen Entwickelung nehmen sie die schiefe und ganz unsymmetrische Gestalt an. Dieser wichtige Umstand erklärt sich aus unserem biogenetischen Grundgesetz[1]), daß die Ontogenesis oder die individuelle Entwickelung eine kurze und schnelle, durch die Gesetze der Anpassung und Vererbung bedingte Wiederholung der Phylogenesis, d. h. der paläontologischen Entwickelung der Vorfahren-Kette des betreffenden Individuums ist. Von den zahlreichen wohlschmeckenden Arten der Pleuronectiden, welche die nordischen Meere massenhaft bevölkern, und von denen namentlich die Steinbutten, Flundern und Seezungen als Delicatessen geschätzt werden, gehen vorzüglich drei Arten an der norwegischen Küste oft in beträchtliche Tiefen hinab: der Nordflunder (Platessa borealis), der Fettbutt (Hippoglossus pinguis) und der Heiligenbutt (H. maximus), welcher letztere eine Länge von fast 7 Fuß erreicht.

Da die meisten von diesen Fischen, welche noch in einer Tiefe von 2000 Fuß leben, große und gefräßige Fleischfresser sind, so läßt sich schon daraus schließen, daß eine entsprechend große

Menge von kleineren Thieren, die ihnen zur Nahrung dienen, ebendaselbst leben muß. Und in der That haben die darauf gerichteten neueren Untersuchungen des Tiefsee=Bodens, vorzüglich von norwegischen und schwedischen, sowie von englischen und nordamerikanischen Naturforschern, den sicheren Beweis geliefert, daß auch noch in Tiefen von 2000—3000 Fuß der Meeresboden, wenigstens an manchen Stellen, mit lebenden Thieren bedeckt ist. Insbesondere nehmen folgende Thierklassen an dessen Bevölkerung Theil: Schwämme und Korallen aus dem Stamm der Pflanzenthiere (Zoophyten oder Coelenteraten); Mantelthiere, Ringelwürmer und Sternwürmer aus dem Stamm der Würmer; Krebse oder Crustaceen aus dem Stamm der Gliederthiere oder Arthropoden. Auch verschiedene Arten von Weichthieren oder Mollusken, sowohl Muscheln und Tascheln, als Schnecken und Kracken, werden mit jenen vermischt gefunden. Vorzüglich scheint aber der interessante Stamm der Sternthiere (Astroda oder Echinoderma) durch zahlreiche und interessante Formen in jenen größeren Meerestiefen vertreten zu sein. Alle vier Klassen der Sternthiere sind hierbei betheiligt: die Seesterne (Asterida), von deren scheibenförmigem Mittelkörper mehrere, gewöhnlich fünf lange Strahlen ausgehen; die Seelilien (Crinoida), deren blumenkelchähnlicher Körper durch einen langen Stiel am Meeresboden befestigt ist; die Seeigel (Echinida), bei welchen der kugelige oder scheibenförmige Körper dicht mit Stacheln bedeckt ist, und die nahverwandten Seegurken (Holothuriae), welche mit ihrem nackten, langgestreckt cylindrischen Körper äußerlich eher großen Würmern als echten Sternthieren gleichen.

Unter diesen schönen Sternthieren der Meerestiefen sind besonders zwei nordische Formen in mehrfacher Beziehung von hervorragendem Interesse, Brisinga und Rhizokrinus. Beide sind uns durch den berühmten norwegischen Naturforscher Michael

Sars näher bekannt geworden, dessen im letzten Herbste erfolg=
ter Tod ein großer Verlust sowohl für die Wissenschaft im Allge=
meinen, als auch im Besonderen für die Erforschung des Lebens
in den größeren Meerestiefen war. Sars war ursprünglich
Pfarrer auf der Insel Manger unweit Bergen, gewann aber
durch die vieljährige Beschäftigung mit den niederen Seethieren
eine solche Vorliebe für diese ebenso reizenden als interessanten
Geschöpfe, daß er zu ihren Gunsten auf sein einträgliches Pfarr=
amt verzichtete. Je tiefer er in das Leben der Medusen und
Korallen, der Sternthiere und Seewürmer eindrang, desto mehr
mußte er sich überzeugen, wie dieser unerschöpfliche und untrüg=
liche Quell der natürlichen Offenbarung, und die daraus ent=
springende Naturreligion, in unlösbarem Widerspruch stehe mit
dem Kirchenglauben und den mythologischen Offenbarungen der
Schriftgelehrten und Pharisäer. So verzichtete denn der treff=
liche Sars auf seine Theologie, und um so lieber, als seine
abergläubischen Pfarrkinder hinter dem vertrauten Umgange ihres
Seelenhirten mit dem Seegewürm, dem nur mit Abscheu von
ihnen betrachteten „Troll", eine unheimliche Hexerei witterten und
selbst seine Entfernung verlangten. Sars wurde dann als Pro=
fessor der Zoologie in Christiania angestellt und galt in Europa
bald mit Recht als die erste Zierde der norwegischen Universität.
In seinen letzten Lebensjahren wurde sein Interesse vorwiegend
durch die wunderbaren Bewohner der Tiefe gefesselt, welche die
schwarzen Abgründe des Meeres zwischen den Felsen=Labyrinthen
der zerrissenen Westküste Norwegens bewohnen. Die zahllosen,
tief eingeschnittenen Buchten und Fjorde, welche hier weit in das
Land eindringen, die Myriaden von größeren und kleineren Inseln,
welche längs dieses zersetzten Küstensaumes ausgesäet sind, bieten
der reichen Entwickelung des marinen Thierlebens ein außer=
ordentlich günstiges Feld. Viele von diesen malerischen Fjorden

und Meerengen sind bei einer sehr geringen Breite, die kaum
derjenigen eines großen Flusses gleichkommt, von sehr beträcht=
licher Tiefe. Das Urgebirge, das an der norwegischen Westküste
ungemein steil 2000—4000 Fuß hoch aus dem Meeresspiegel
aufsteigt, erstreckt sich daselbst oft ebenso tief oder noch tiefer unter
denselben hinab. An der Oberfläche erscheint das Wasser in
Folge der massenhaft einströmenden Gebirgsbäche schwach gesal=
zen oder fast süß, und ist sehr arm an lebendigen Bewohnern.
Die stark gesalzene Tiefe dagegen wimmelt von niederen Thieren.
Im Jahre 1868 gab Sars ein Verzeichniß der wirbellosen
Thiere, welche er an der norwegischen Küste in einer Tiefe zwi=
schen 1200 und 2700 Fuß gesammelt hatte. Dasselbe enthält
nicht weniger als 427 verschiedene Arten, nämlich 106 Krebs=
thiere, 133 Weichthiere oder Mollusken, 57 Ringelwürmer, 36
Sternthiere, 22 Pflanzenthiere und 73 Urwesen oder Protisten.

Mit besonderer Vorliebe wurde von Sars der Hardanger=
Fjord untersucht, jener berühmte Fjord, der an landschaftlicher
Schönheit alle anderen übertrifft, der mit den schönsten schweize=
rischen Alpenseen wetteifert, und wegen seiner herrlichen Buchten
und Gebirgsstöcke, seiner großartigen Gletscher und Wasserfälle
am meisten von Touristen besucht wird. In seinen Abgründen
lebt die schöne und seltene Lima excavata, eine große Muschel
mit schneeweißer, zierlich gerippter Schale und mit elegant ge=
franztem Mantelrand. In ihrer Gesellschaft findet sich die vor=
her erwähnte Brisinga endecacnemos, ein prachtvoller und sehr
merkwürdiger Seestern, der bis jetzt nur im Hardanger=Fjord
gefunden worden ist. Als ich im letzten August dort in der
Nähe von Utne fischte, hatte ich die Freude, ein lebendes Exem=
plar dieses herrlichen Thieres, unmittelbar nachdem es aus
1200 Fuß Tiefe heraufgezogen war, bewundern zu können. Diese
Brisinga hatte ungefähr eine Elle Durchmesser. Von einer klei=

Fig. 1. Brisinga endecacnemos, der elfarmige Seestern von Hardanger.

nen runden orangerothen Scheibe strahlen elf lange, sehr zierliche
Arme aus, welche 13—14 mal so lang sind als der Durchmesser
der Scheibe. Die Arme sind prächtig korallenroth mit perlfar=
bigen Rippen, und auf jeder Seite mit einer dreifachen Reihe
von langen Stacheln bewaffnet. Jeder Arm hat die innere
Organisation eines gegliederten Wurmes und eigentlich ist der
ganze Seestern als ein Stock oder eine Gesellschaft von elf ge=
gliederten Würmern aufzufassen, denen die kleine centrale Scheibe
nur als gemeinsamer Vereinigungspunkt und Ernährungs=Centrum

dient. Diese Theorie, welche die historische Entstehung des Stern=
thierstammes vortrefflich erklärt und die Seesterne als Würmer=
stöcke deutet, aus denen sich die anderen Sternthierformen erst
später durch Centralisation des Stockes entwickelt haben, wird
gerade durch die schöne Brisinga vortrefflich gestützt. Ein beson=
deres Interesse erhält aber die Brisinga noch dadurch, daß sie
ein vollkommenes Mittelglied, eine verbindende Uebergangsstufe
zwischen den beiden scharf getrennten Gruppen der heute noch
lebenden Seesterne darstellt, zwischen den gegliederten Seesternen
oder Colastren und den schlangenarmigen Seesternen oder Ophiu=
ren. Indem die Brisinga in ihrem Körperbau die charakteristi=
schen Merkmale beider Gruppen vereinigt, zeigt sie sich als einen
wenig veränderten, directen Nachkommen jener uralten und längst
ausgestorbenen Seestern=Form, welche den Uebergang von älte=
ren Gliedersternen (Colastra) zu den jüngeren Schlangensternen
(Ophiurae) bildete und die Stammform der letzteren wurde.

Ein ähnliches historisches Interesse knüpft sich an das zweite
vorher genannte Sternthier, welches in den tiefen Abgründen
der nordischen Meere lebt und welches von dem Sohne von Sars
erst vor vier Jahren bei den Lofoten=Inseln in einer Tiefe von
1800 Fuß entdeckt wurde. Das ist der Rhizocrinus lofotensis,
ein zierliches Astrod aus der Klasse der Seelilien. Die See=
lilien oder Crinoiden gleichen einem fünfstrahligen Seestern mit
gefiederten Armen. Sie kriechen aber nicht, gleich den Seester=
nen, frei auf dem Meeresboden umher, sondern sind auf einem
schlanken gegliederten Stiele festgewachsen, wie eine einblüthige
Lilie. In einer früheren Periode der Erdgeschichte, vor vielen
Millionen Jahren, bedeckten diese Seelilien den Meeresboden in
einer großen Menge und Mannichfaltigkeit von schönen Formen.
Sie bildeten im Verein mit den blumengleichen Korallen bunte
Wiesen, auf denen die dichterische Phantasie die lilienarmige

Meeresgöttin Thetis und ihre anmuthigen Gefährtinnen ihre Tänze aufführen lassen konnte. Gegenwärtig jedoch, und schon seit langer Zeit, ist die formenreiche Klasse der Seelilien beinahe ausgestorben und nur wenige Arten, welche fast alle einer einzigen Gattung angehören, haben bis heute den Kampf um's Dasein glücklich bestanden. Der norwegische Rhizokrinus aber, welcher neuerdings auch an anderen Stellen des nordatlantischen Oceans, in der Nähe der schottischen und der nordamerikanischen Küsten, in großen Tiefen gefunden worden ist, gehört zu einer Familie von Seelilien, welche man seit vielen Jahrtausenden ausgestorben glaubte. Die Ueberraschung über die Thatsache, daß ein vereinzelter Nachkomme jener fossilen Crinoiden noch heute in der Abgeschiedenheit der schwarzen Meerestiefen sein einsames Dasein fristet, war daher nicht gering.

Außer dem Rhizokrinus und der Brisinga hat man in der neuesten Zeit in Tiefen von 2000 Fuß und darüber noch eine Anzahl von anderen merkwürdigen Thieren verschiedener Klassen entdeckt, welche alle durch ihren gesammten Körperbau ein sehr hohes Alter bekunden und weniger der Gegenwart, als der vor Millionen von Jahren entschwundenen Primär-Periode der Erdgeschichte, der Steinkohlenzeit und der permischen Periode, anzugehören scheinen. Sie sind näher den damals lebenden, als den heutigen Vertretern derselben Thierklassen verwandt, gleichsam „lebende Fossile". Offenbar konnten diese trägen Geschöpfe an der Oberfläche des Meeres und im Lichte der Sonne, wo der lebhafte Kampf um's Dasein beständig die mannichfaltige Bevölkerung zur Arbeitstheilung und zu fortschreitender Entwickelung anspornte, die lebhafte Concurrenz mit ihren immer mehr sich vervollkommnenden Verwandten und Nachkommen nicht mehr bestehen. Die natürliche Züchtung trieb die conservativen Herren tiefer und tiefer in das unergründliche Dunkel der stillen Abgründe hinab. Hier können sie noch jetzt, getrennt vom hellen Lichte und bunten Leben der Oberfläche, in stiller Abgeschieden= heit ihr beschauliches Leben weiter führen und von der guten alten Zeit der Steinkohlen=Wälder und des rothen Sandsteins träumen. Möchten doch auch die conservativen Klassen der mensch= lichen Gesellschaft diesem löblichen Beispiele folgen und sich, wenn auch nicht in die Tiefen des Meeres, doch in die einsamen Wüsten oder Gebirgs=Einöden zurückziehen. Sie würden dann wenig= stens der fortschreitenden Entwickelung des nach Vervollkomm= nung strebenden Theiles der Menschheit keine Hindernisse mehr in den Weg legen können!

Während man von der Existenz einzelner der angeführten Thierformen in Tiefen von 1000—2000 Fuß schon seit langer Zeit wußte, so sind dagegen die ersten sicheren Beobachtungen über thierisches Leben in viel größeren Tiefen erst vor wenigen Jahren bekannt geworden. Im Jahre 1861 wurde aus dem Mittelmeere das abgerissene Ende eines Telegraphen=Kabels ge= hoben, welches die Verbindung zwischen Cagliari auf der Insel Sardinien und Bona in Afrika vermittelt und zwei Jahre lang in einer Tiefe von 6000—8500 Fuß gelegen hatte. Dasselbe war mit einem Dutzend verschiedener Arten von lebenden Muscheln, Schnecken, Würmern, Sternthieren und Korallen bedeckt. Meh= rere von diesen, namentlich Korallen, kannte man bis dahin nur in versteinertem Zustande aus tertiären Gebirgsschichten der Mittelmeerküste, ebenfalls „lebende Fossile".

In demselben Jahre (1861) wurden in dem nördlichen Eis= meere, in der Nähe von Spitzbergen, zahlreiche Tiefgrund=Unter= suchungen von einer schwedischen Expedition von Naturforschern angestellt, welche unter Thorell's Leitung stand. Die Dredsche= Versuche erstreckten sich bis zu derselben Tiefe, in welcher das Telegraphen=Tau zwischen Cagliari und Bona gelegen hatte.

Auch hier fanden sich noch in einer Tiefe von 6000—8400 Fuß zahlreiche lebende Organismen, größtentheils allerdings mikroskopisch kleine Urwesen aus der Klasse der Polythalamien, dazwischen aber auch größere Thierformen verschiedener Klassen, insbesondere mehrere Arten von Würmern und Krebsthieren, ferner Mollusken, Sternthiere und Schwämme. Noch reicher war die Ausbeute der vierten schwedischen Expedition nach Spitzbergen, welche 1868 unter der Leitung von Nordenskiöld ausgeführt wurde. Hier wurden zahlreiche wirbellose Thiere noch in Tiefen von 4000—6000 Fuß, einzelne aber sogar noch in Tiefen bis über 12,000 Fuß angetroffen. In den Tiefen zwischen 6000 und 12,000 Fuß und darüber war der ganze Meeresboden mit dem merkwürdigen Bathybius-Schlamm bedeckt, den wir sogleich noch näher ins Auge fassen werden.

Aehnliche Resultate erhielten in den letzten drei Jahren die von der nordamerikanischen und englischen Regierung ausgerüsteten Expeditionen. Die amerikanischen Untersuchungen, an denen der Zoologe Pourtales Theil nahm, geschahen hauptsächlich an der Küste der Halbinsel Florida. Die englischen Expeditionen, bei denen drei Zoologen, Carpenter, Wyville Thomson und Gwyn Jeffreys thätig waren, bewegten sich theils in der Gegend der Far-Oer-Inseln und des nördlichen Schottlands, theils in der Bucht von Biscaya. Hierbei muß nochmals rühmend die außerordentliche Liberalität hervorgehoben werden, mit welcher die englische, die schwedisch-norwegische und die nordamerikanische Regierung diese Expeditionen ausrüsteten und den dabei betheiligten Naturforschern alle erwünschten Mittel zur Verfügung stellten; Alles für einen rein wissenschaftlichen Zweck. Von unsern deutschen Regierungen ist leider ein Gleiches noch nicht zu sagen. Nur die österreichische Regierung, welche schon mehrfach ihre Kriegsschiffe für naturwissenschaftliche Expeditionen verwerthete, hat in neuester Zeit eine Expedition für Tiefsee=Untersuchungen im Mittelmeere ausgerüstet. In unserem Nord=deutschen Bundesstaate ist von einer derartigen Verwendung der Marine für naturwissenschaftliche Werke noch keine Rede, obwohl die Kriegsschiffe in Friedenszeiten keine passendere und nützlichere Verwerthung finden könnten. Rücksichtslos verzehrt bei uns der ungeheure Militär=Aufwand für sich allein die reichen Mittel, welche in anderen Ländern zur Förderung von Wissenschaft und Kunst, von Unterricht und Bildung verwendet werden. Sei aber wenigstens hierbei noch die Bemerkung gestattet, daß trotzdem, trotz aller mangelnden Unterstützung von Seiten der größten nord=deutschen Regierung, die deutschen Naturforscher sich fast in allen Zweigen an der Spitze des Fortschritts erhalten und namentlich auch um unsere Kenntniß des Meereslebens hoch verdient gemacht haben. Alljährlich geht seit langer Zeit eine Zahl von deutschen Zoologen, mit Mikroskopen und Netzen ausgerüstet, an die Meeresküste und ist um die Erforschung der niederen Seethiere, die nach so vielen Richtungen der Biologie Licht verbreiten, unermüdlich bemüht. Und obgleich uns die glänzende Ausstat=tung und die reichen Hilfsmittel unserer englischen und scandi=navischen Mitarbeiter abgehen, obgleich wir alle diese marinen Expeditionen aus unseren dürftigen privaten Mitteln bestreiten, nur bisweilen von einer kleineren deutschen Regierung unterstützt, die ihren Ruhm in der Förderung wissenschaftlicher Bestrebungen sucht, dürfen wir dennoch beanspruchen, für die intensive Er=forschung des marinen Thierlebens viele der besten, ja im Ver=hältniß die fruchtbarsten Beiträge geliefert zu haben. Es ge=nügt dafür, den Namen Johannes Müller's und seine zahl=reichen Schüler anzuführen.

Die vorher angeführten Thatsachen, daß ein verhältnißmäßig reiches und mannichfaltiges Thierleben noch in 2000 und selbst

3000 Fuß Tiefe existirt, daß zahlreiche wirbellose Thiere bis zu
6000 und 8000 Fuß und einige wenige sogar noch bedeutend
tiefer hinabsteigen, sind übrigens keineswegs das wichtigste Resul=
tat, welches die vervollkommneten Tiefgrund=Untersuchungen der
letzten Jahre geliefert haben. Ungleich wichtiger und interessanter
sind vielmehr die überraschenden Entdeckungen, zu welchen die
Erforschung des Meeresbodens in größeren Tiefen, zwischen
10,000 und 30,000 Fuß, geführt hat.

Wenn auch einzelne niedere Thiere, namentlich Schwämme,
Korallen und Würmer, hie und da bis zu 10,000 oder sogar
12,000 Fuß hinabsteigen, so scheint dies doch nur eine seltene
Ausnahme zu sein. In den Meerestiefen unterhalb 10,000 Fuß
und namentlich in den ungeheuren Abgründen zwischen 20,000
und 30,000 Fuß scheint gewöhnlich für das unbewaffnete
Auge alles Leben gänzlich erloschen zu sein. Ein ganz anderes
Resultat aber offenbart uns hier das Mikroskop. Gerade in diesen
scheinbar leblosen Abgründen ist der Meeresboden mit einer
dichten Decke von sehr zahlreichen, dem bloßen Auge unsichtbaren
Organismen überzogen, und zwar in einer solchen Fülle, daß der
Boden selbst gewissermaßen lebendig ist. Gerade diese höchst
merkwürdige Thatsache und die daran sich knüpfenden wichtigen
Folgerungen verleihen jenen Tiefgrund=Forschungen ihre außer=
ordentliche Bedeutung.

Der Boden jener größeren Meerestiefen, und zwar allge=
mein, wie es scheint, zwischen 5000 und 25,000 Fuß, oft aber
schon zwischen 3000 und 5000 Fuß, ist mit einem Schlamm
oder Mulder (Mud, Ooze) von höchst merkwürdiger Beschaffen=
heit bedeckt. Dieser Schlamm, den wir wegen des wichtigsten
darin vorkommenden Organismus kurz Bathybius=Schlamm
nennen wollen, findet sich in ganz gleicher Beschaffenheit an allen
Stellen der Erde, an denen man bis jetzt so bedeutende Tiefen

sondirt hat. Er bedeckt namentlich in einer zusammenhängenden Schicht das sogenannte „Telegraphen-Plateau". Das ist eine ungeheure Tiefsee-Ebene, welche sich mit einer durchschnittlichen Tiefe von 12,000 Fuß von Irland durch die ganze Breite des nord-atlantischen Oceans hindurch bis nach Nord-Amerika erstreckt, und im Süden gegen die Azoren hin in noch bedeutend größere Tiefen sich hinabsenkt. Dieses ganze ausgedehnte Telegraphen-Plateau scheint mit Bathybius-Schlamm überzogen zu sein.

Bathybius ist ein griechisches Wort und bedeutet: „in der Tiefe lebend". Der Bathybius-Schlamm ist in der That lebendiger Schlamm der Meerestiefen. Zuerst wurde dieser Schlamm im Jahre 1857 von Capitän Dayman, dem Kommandanten des englischen Kriegsschiffes Cyclops, empor gebracht, und von dem ersten englischen Zoologen, Professor Huxley, genau untersucht. Die von ihm gewonnenen Resultate wurden 1860 von Dr. Wallich bestätigt, welcher die atlantische Sondirungs-Expedition des Kriegsschiffes Bulldog unter dem Kommando von Mc. Clintock begleitete. Auch die Mikroskopiker, welche späterhin den Bathybius-Schlamm untersuchten, namentlich im letzten Sommer Professor Carpenter und Wyville-Thomson, haben Huxley's Angaben im Wesentlichen bestätigt. Ich selbst erhielt im vorigen Herbst eine Probe von Bathybius-Schlamm durch die Güte meines verehrten Collegen, Herrn Professor Preyer. Es war eine Probe des atlantischen Schlammes, welche am 22. Juli 1869 von Carpenter und Thomson aus 2435 Faden (14,610 Fuß) Tiefe an Bord des „Porcupine" gehoben worden war (in 47° 38" nördlicher Breite, 12° 4" östlicher Länge). Der Schlamm war sorgfältig in einem Glase mit Weingeist aufbewahrt und bestätigte mir bei der genauesten mikroskopischen und chemischen Untersuchung alle die merkwürdigen Resultate, welche Professor Huxley in seiner letzten ausführlichen Mittheilung über den Bathybius (1868) veröffentlicht hatte. [2])

Der Bathybius-Schlamm erscheint in feuchtem Zustande für das bloße Auge als ein äußerst feinkörniger, zähflüssiger Brei von blaß graubrauner oder gelblich grauer Farbe, in welchem gröbere Formbestandtheile gar nicht sichtbar sind. Seine auffallendste Eigenschaft ist ein sehr hoher Grad von Klebrigkeit. Schon der erste Beobachter, Capitän Dayman, bemerkt in dieser Beziehung: „Die weiche, mehlige Substanz, welche den Boden des ganzen Telegraphen-Plateaus bedeckt, ist merkwürdig zähe und klebrig, so daß sie an dem Tau und Loth des Senkapparates fest hängen bleibt, auch wenn letzterer beim Heraufziehen durch eine Wassersäule von mehr als 12,000 Fuß hindurch passiren muß." Auch an meiner in Weingeist conservirten Probe war diese auffallende Klebrigkeit, die man mit derjenigen von recht dickflüssigem Honig vergleichen kann, vollständig erhalten. Wenn man den Schlamm trocknet, erscheint er als ein grauweißes, schwer zerreibliches, feines kreideartiges Pulver, das man leicht mit dem gewöhnlichen Kalkstaube unserer Chausseen verwechseln könnte. Bringt man aber nur ein Nadelspitzchen von dem Schlamm unter das Mikroskop, so wird man durch den Anblick einer ungeheuren Menge von größeren und kleineren, zierlich geformten Körperchen überrascht. Die Mehrzahl unter den größeren Körperchen sind sogenannte Globigerinen, kalkschalige Wurzelfüßer oder Rhizopoden aus der Polythalamien-Gruppe [3]). (Vergl. im Titelbilde Fig. g 1—g 6 und h 1—h 3). Ihr weicher Körper besteht aus weiter Nichts, als aus einem kleinen Klümpchen von jenem hochwichtigen Urschleim oder Protoplasma, den wir sogleich noch näher ins Auge fassen müssen. Das kleine Schleimklümpchen ist von einer mehrkammrigen

Fig. 2. Eine lebende Globigerine mit einer aus vierzehn Kammern zusammengesetzten Kalkschale und mit ausgestreckten Pseudopodien (verzweigten und verschmelzenden Fäden von Urschleim oder Protoplasma).

Kalkschale umschlossen. Die Schalenkammern, spiralig um eine Axe aufgerollt, sind fast kugelig. Ihre Wand ist von sehr feinen Löchern siebartig durchbrochen, aus denen äußerst zarte Fäden hervorgesteckt werden. Diese Fäden, unmittelbare Verlängerungen der schleimigen Körpersubstanz, sind die einzigen Organe des kleinen Wesens, mit welchen dasselbe kriecht, frißt und empfindet. [3]) Neben den Globigerinen finden sich in dem Bathybius-Schlamm auch noch andere verwandte Rhizopoden, obwohl seltener. Im Titelbilde ist eine solche, Textilaria benannte Polythalamie bei i abgebildet. Zwischen den Polythalamien zerstreut liegen zahlreiche R a d i o l a r i e n, die

sich durch sehr mannichfaltig geformte und zierliche Kiesel=
schalen auszeichnen. [4]) Zwei solche Radiolarien oder Strahl-
Rhizopoden sind auf dem Titelkupfer abgebildet, links oben
(bei e) eine gegliederte helmförmige Gitterschale mit aufgesetzter
Stachelspitze (Eucyrtidium), rechts in der Mitte (bei f) eine
kugelige Kieselschale mit 6 radialen Stacheln (Haliomma). Auch
ziemlich viele Diatomeen, oder Kieselzellen, finden sich im
Bathybius=Schlamme vor. Die meisten gehören zu der Gattung
Coscinodiscus und bilden eine kreisrunde Kieselscheibe mit regel=
mäßig parquetirter Oberfläche (Fig. d im Titelbilde). Von den
Diatomeen, sowie von den zierlichen Radiolarien, ist es sehr
wahrscheinlich, daß sie größtentheils (wenn nicht ausschließlich)
Bewohner der Meeresoberfläche sind, deren unzerstörbare Kiesel=
skelete erst nach ihrem Tode auf den Meeresboden herabsinken.
Von den Globigerinen dagegen und von dem Bathybius ist diese
Annahme nicht zulässig. Diese beiden Organismen sind die
eigentlichen Bewohner der Abgründe. Der Zahl nach bilden
übrigens die Hauptmasse der Schlamm=Bestandtheile nicht die
angeführten Rhizopoden, sondern viel kleinere runde Scheiben von
Kalkerde, die Coccolithen, und sodann eine erstaunlich große
Menge unregelmäßiger Klumpen von freiem Urschleim oder
Protoplasma. Das ist Huxley's Bathybius Haeckelii.

Bevor wir nun die Bathybius=Klumpen und die dazu gehörigen
Coccolithen näher betrachten, müssen wir nothwendig noch ein paar
Worte über die Sachen bemerken, die sich nicht im Bathybius=
Schlamme vorfinden. Man sollte erwarten, in diesem, wie in
dem gewöhnlichen Grunde des flacheren Meeres, eine Menge
von ganzen und zertrümmerten Skelettheilen der gemeinen und
überall verbreiteten Seethiere zu finden. Die unverweslichen und
schwer zerstörbaren Kalkschalen der Muscheln und Schnecken,
Kalkpanzer von Seesternen und Seeigeln, Kalkröhren von

Würmern und Kalkstöcke von Korallen, ferner Knochen und Zähne von Fischen, findet man allenthalben an den flacheren Meeresstellen auf dem Boden zerstreut vor. Von allen diesen harten Formbestandtheilen höherer Thiere findet sich in dem Ba-thybius=Schlamme entweder keine Spur, oder nur hie und da zufällig ein einzelnes verlorenes Stückchen. Selbst die Kiesel-nadeln von Schwämmen, die sonst überall im Meere zerstreut vorkommen, sind nur selten und einzeln zu finden. Gänzlich fehlt ferner jede Spur von einem pflanzlichen Organismus. Auf-fallend ist endlich die verhältnißmäßig sehr geringe Menge von kleinen Gesteins=Trümmern, Krystallen und anderen anorganischen Körperchen.

Was sind und was bedeuten nun aber jene vorher ange=führten, mikroskopisch kleinen Organismen, welche die Hauptmasse des lebendigen Bathybius=Schlammes bilden? Wenn es keine Pflanzen sind, müssen es doch wohl Thiere sein! Die vor-sichtigste Antwort hierauf lautet: Nein! Alle jene kleinen Lebe-wesen, welche zu unzähligen Milliarden zusammengedrängt den tiefsten Meeresboden bevölkern, und welche gewissermaßen eine lebendige Bodendecke in den tiefsten, bisher für leblos gehaltenen Abgründen des Oceans bilden, alle jene Globigerinen und Radio-larien, Coccolithen und Protoplasma=Körper, gehören zu einer Gruppe von niedersten und unvollkommensten Wesen, welche weder echte Thiere noch echte Pflanzen sind, und welche man daher am besten vorläufig in dem neutralen Zwischenreiche der Urwesen oder Protisten vereinigt.

Die Unterscheidung von Thier und Pflanze ist kinderleicht bei allen höher entwickelten Formen der beiden großen organischen Reiche. Je tiefer wir aber in beiden Reichen auf der großen Stufenleiter der Entwickelung hinabsteigen, desto mehr verwischen und vermengen sich die bezeichnenden Charaktere, die wesentlichen

Eigenschaften, durch welche Jedermann mit Leichtigkeit Thier und Pflanze glaubt unterscheiden zu können. Zuletzt stoßen wir tief unten auf eine große Anzahl von vielgestaltigen, meist dem bloßen Auge unsichtbaren Organismen, über deren Thier= oder Pflanzen=Natur von den Naturforschern ein unendlicher und unlöslicher Streit geführt wird. Diese neutralen Urwesen sind eben in der That weder Thiere, noch Pflanzen; sie sind Protisten.

Es ist hier nicht der Ort, die schwierige Frage von den Grenzen des Thier= und Pflanzenreichs, und von der neutralen Stellung des Protisten=Reiches mitten zwischen Beiden, zu er= örtern.[5] Doch müssen wir nothwendig zum Verständniß des Folgenden ein paar Worte über die fundamentale Uebereinstimmung im Körperbau der drei organischen Reiche hier einschalten. Be= kanntlich gilt als das gemeinsame Form=Element, als der einfache Baustein, aus dem der Körper aller Thiere und Pflanzen aufge= baut ist, die sogenannte Zelle. Seit 30 Jahren wissen wir, daß jeder höhere Organismus aus sehr zahlreichen, aus Tausenden oder Millionen von Zellen zusammengesetzt ist. Diese entstehen durch wiederholte Theilung aus der einfachen einzelnen Zelle, welche jedes Thier und jede Pflanze im Beginne ihrer individu= ellen Existenz bildet. Das Thier=Ei sowohl als das eigentliche Pflanzen=Ei ist weiter Nichts als eine einfache Zelle. Es giebt aber auch eine Anzahl von niederen Organismen, welche zeit= lebens auf dieser Stufe der einfachen Zelle stehen bleiben.

Obwohl die verschiedenen Zellen nicht allein bei den ver= schiedenen Arten von Organismen, sondern auch an den ver= schiedenen Körpertheilen eines und desselben Organismus an Form, Größe und Zusammensetzung höchst mannichfaltig geartet sind, so sind dennoch diese zahllosen Unterschiede erst durch Anpas= sung erworben. Ursprünglich sind alle Zellen gleich gebildet und bestehen im Wesentlichen aus einem weichen Schleimklümpchen, das einen festeren rundlichen Kern einschließt; im Groben ungefähr vergleichbar einer geschälten Kirsche oder Pflaume. Sehr häufig, aber nicht immer, wird späterhin dieses nackte weiche Klümpchen oder Klößchen von einer äußeren festen Hülle, einer „Zellenmembran", umschlossen. Dann besteht die Zelle (vergleichbar einer ganzen, ungeschälten Kirsche oder Pflaume) aus drei verschiedenen Bestandtheilen: aus festflüssigem Zellstoff, äußerer Hülle und innerem Kern. Sowohl der Kern oder Nucleus, als auch der Zellstoff oder das Protoplasma gehören in stofflicher Beziehung zu jener Gruppe von Körpern, welche die Chemiker Eiweißkörper (Albuminate) oder Proteïnkörper nennen. Das sind die wichtigsten von allen Substanzen, welche wir kennen. Denn sie sind die Träger, wenn nicht die Factoren, der sogenannten „Lebenserscheinungen", und überall, wo wir an einem Naturkörper Ernährung und Fortpflanzung, Bewegung und Empfindung wahrnehmen, erscheint als die active Grundlage dieser Lebenserscheinungen ein eiweißartiger oder schleimartiger Körper, und zwar immer von jener Art der Zusammensetzung, welche dem Protoplasma eigenthümlich ist.

Die ältere Naturphilosophie im Anfange unseres Jahrhunderts, an ihrer Spitze der geniale Oken, hatte die Behauptung aufgestellt, daß alles Lebendige aus einer weichen, eiweißartigen Masse, dem sogenannten Urschleim, hervorgegangen sei. Die Eigenschaften, welche jene Naturphilosophen ihrem berüchtigten Urschleime zuschrieben, sind im Wesentlichen dieselben, welche die spätere Erfahrung uns an dem Protoplasma kennen gelehrt hat. Die verrufene „Urschleimtheorie" Oken's hat durch die berühmte „Protoplasmatheorie" Max Schultze's, die gegenwärtig das feste Fundament für unsere ganze biologische Erkenntniß bildet, gewissermaßen ihre eingehende Begründung erfahren. Thatsache ist, daß bei allen Organismen ohne Aus-

nahme die Lebenserscheinungen an einen bestimmten Stoff ge=
knüpft sind. Dieser Lebensstoff ist zwar im Einzelnen unend=
lich mannichfaltig, aber im Wesentlichen doch immer gleichartig
zusammengesetzt, und stellt eine Verbindung von vier Elementen
dar, von Kohlenstoff, Sauerstoff, Wasserstoff und Stickstoff. Oft
kommt dazu als fünftes Element noch Schwefel. Im Grunde
ist es sehr gleichgültig, ob wir diese Verbindung mit der älteren
Naturphilosophie als Urschleim oder Lebensstoff, oder mit
der neueren Biologie als Sarcode oder Protoplasma be=
zeichnen. Der Ausdruck Urschleim ist insofern nicht glücklich ge=
wählt, als man bei Schleim gewöhnlich an eine sehr wasserreiche
und zerfließliche Substanz denkt. Allerdings ist das lebende Pro=
toplasma immer weich oder festflüssig, indem stets eine mehr oder
minder ansehnliche Wassermenge die stickstoffhaltige Kohlenstoff=
Verbindung durchtränkt und aufgequollen erhält. Allein während
in manchen Fällen das Protoplasma so dünnflüssig wie gewöhn=
licher Schleim ist, erscheint es dagegen in anderen Fällen so
dicht und fest, wie ein Stück Kautschuk oder Leder. Bezeichnen=
der wäre daher eigentlich der Ausdruck Bildungsstoff.

Auch bei allen Protisten, wie bei allen Thieren und
Pflanzen, ist der einzige wesentliche und niemals fehlende Körper=
bestandtheil dieser Bildungsstoff, der Urschleim oder das Proto=
plasma. Alle übrigen Stoffe, die sonst noch im Organismus
vorkommen, sind erst vom Urschleim producirt oder abgeleitet.
Wir stoßen aber bei vielen Protisten auf die sehr wichtige That=
sache, daß sie noch nicht einmal den Formwerth einer einfachen
Zelle haben, indem ihnen jede Spur von Kern fehlt. Der ganze
lebendige Leib besteht hier bloß aus structurlosem Urschleim ohne
Kerne, und kann daher auch nicht als echte Zelle, sondern nur
als Cytode, d. h. als zellenähnlicher Elementar=Organismus
bezeichnet werden. Die Zellen und die Cytoden sind

demnach zwei verschiedene Arten oder richtiger Stufen von elementaren Organismen, oder von lebendigen Individuen erster Ordnung. Wir können diese beiden Stufen von Lebenseinheiten unter dem Namen der Bildnerinnen oder Plastiden zusammenfassen. Denn sie allein bilden und bauen in der That alle belebten Naturkörper auf. Die kernlosen Cytoden sind die niedere und ursprüngliche Stufe, die kernhaltigen Zellen dagegen die höhere und entwickeltere Stufe der Plastiden.[6]

Cytoden oder kernlose Plastiden sind nun auch die vorher genannten Globigerinen, welche die Mehrzahl von den größeren geformten Körperchen des Tiefseegrundes bilden. Ihr Körperchen besteht bloß aus der mehrkammerigen Kalkschale und dem darin eingeschlossenen Urschleim. Aehnliche Cytoden sind auch die übrigen Polythalamien, deren mikroskopisch kleine Kalkschalen sich oft in solchen Massen auf dem Meeresboden anhäufen, daß sie allein bei später eintretender Hebung des Bodens ganze Gebirge zusammensetzen, so z. B. des Nummulitengebirge an den Küsten des Mittelmeeres, die Steine, aus denen die egyptischen Pyramiden aufgebaut sind.

Es giebt aber noch einfachere und unvollkommnere Protisten, als diese Polythalamien. Das sind die merkwürdigen Moneren, die denkbar einfachsten unter allen lebendigen Wesen.[7] Das griechische Wort Moneres bedeutet „Einfach". Ihr ganzer Körper besteht zeitlebens einzig und allein aus einem nackten, structurlosen Klümpchen von beweglichem Urschleim, selbst ohne die schützende Kalkhülle der Polythalamien. Man kennt diese wunderbaren Urwesen erst seit sechs Jahren. Sie scheinen aber in den süßen Gewässern sowohl als im Meere keineswegs selten zu sein, und sind wahrscheinlich sogar sehr weit verbreitet. Eigentlich verdienen diese einfachsten Lebewesen kaum noch die

Bezeichnung von Organismen. Denn sie besitzen keine Spur von Organen, keine Spur von verschiedenartigen Körpertheilen. Und dennoch wachsen die Moneren und ernähren sich, dennoch sind sie reizbar und empfindlich; dennoch bewegen sie sich und pflanzen sie sich fort. Der structurlose Urschleim ist hier Alles in Allem. Der Theil ist gleich dem Ganzen. Denn wenn man ein Moner in mehrere Stückchen zerschneidet, so lebt jedes Stückchen gleich eben so gut weiter, wie das ganze Urschleim=Klößchen. Eine bestimmte Form besitzen sie auch nicht, sondern ändern dieselbe fortwährend, indem sie sich bewegen. Im Ruhezustand sind sie meist kugelig abgerundet. Die Fortpflanzung erfolgt in der einfachsten Weise, indem das Protoplasma=Körperchen entweder in zwei Hälften oder in eine größere Anzahl von Stückchen zerfällt, jedes von denselben Eigenschaften, wie das mütterliche Urwesen. Die Moneren liefern uns so den unwiderleglichen Beweis dafür, daß die Lebenserscheinungen nicht an einen maschinenartig zusammengesetzten Körper gebunden sein müssen, sondern an eine bestimmte chemische Konstitution der Materie, an das formlose Protoplasma. Die Organisation oder die scheinbar zweckmäßige Zusammensetzung des Körpers aus verschiedenartigen Theilen ist nicht die Ursache, sondern die Wirkung des Lebens, das secundäre Product der Wechselwirkung von Vererbung und Anpassung![7]

Zu diesen wunderbaren Moneren gehört nun auch der merkwürdige Bathybius, das wichtigste von allen Protisten, welche die Abgründe des Meeres beleben. Wie schon erwähnt, hat Huxley mit diesem Namen die freien, nackten Protoplasma=Klumpen bezeichnet, die in erstaunlicher Menge in dem Tiefseegrunde vorkommen, und denselben neben den Globigerinen wesentlich zusammensetzen. Es sind unregelmäßig gestaltete Ur-

schleim=Körper von sehr verschiedener Größe, die größten mit
bloßem Auge als Pünktchen sichtbar. (Auf dem Titelkupfer sind
diese Bathybius=Cytoden mit a und b bezeichnet. In Fig. a 1
bis a 4 und b 1 — b 3 sind unregelmäßige (amoebenförmige) Ur=
schleimstücke abgebildet, in Fig. a 9 und b 4 netzförmige Stücke.
Die mit b bezeichneten Cytoden enthalten Coccolithen, die mit a
bezeichneten dagegen nicht.) Ihr chemisches Verhalten beweist
ihre Protoplasma=Natur unzweifelhaft. Auch haben Carpenter
und Thomson im letzten Sommer an dem eben heraufgeför=
derten Bathybius=Schlamme die charakteristischen Bewegungser=
scheinungen des Urschleims wahrgenommen. In dem von mir
untersuchten Tiefseegrunde sind die Bathybius=Klößchen in solcher
Menge zusammengehäuft, daß sie etwa ¼ — ⅓ der ganzen Masse
bilden, eine Thatsache von außerordentlicher Bedeutung. Diese
Protoplasma=Haufen scheinen auch die einzige Ursache der merk=
würdigen Klebrigkeit zu sein, durch welche sich der Tiefseegrund
von gewöhnlichem Schlamm so auffallend unterscheidet.

Vor den übrigen Moneren zeichnet sich Bathybius dadurch
aus, daß er bei seinem Stoffwechsel kleine Körperchen von kohlen=
saurem Kalk ausscheidet. Das sind die schon erwähnten Kern=
steine oder Coccolithen, die zahlreichsten unter allen kleineren
Formbestandtheilen des Tiefseegrundes. (Im Titelbilde Fig. c 1
bis c 4.) Ihr Entdecker, Huxley, nannte sie zuerst (1858) Coc=
colithen, unterschied aber zehn Jahre später (1868) als zwei ver=
schiedene Formen derselben die Diskolithen und Cyatholithen.
Die Diskolithen oder Scheibensteine sind einfache, kreis=
runde oder elliptische Scheiben von kohlensaurem Kalk, concentrisch
geschichtet wie Stärkemehl=Körnchen (Fig. Aa, Ab, S. 36). Die
Cyatholithen oder Napfsteine sind aus zwei eng verbundenen
Scheiben zusammengesetzt, von denen meistens die kleinere eben, die
größere convex vorgewölbt ist. Daher besitzen sie genau die Form

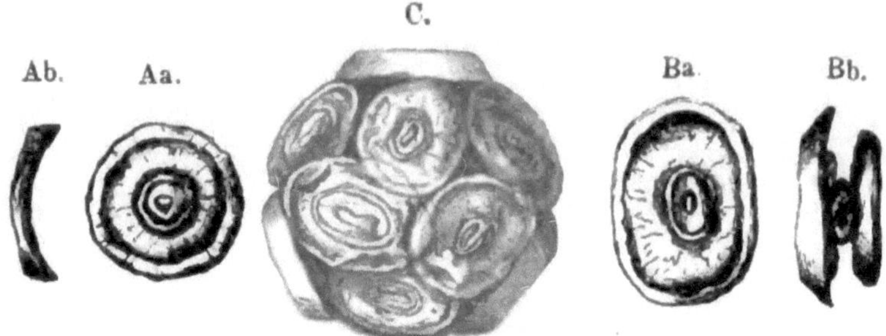

Fig. A. Ein Diskolith oder Scheibenstein, a von der Fläche, b vom Rande.
Fig. B. Ein Cyatholith oder Napfstein, a von der Fläche, b vom Rande.
Fig. C. Eine Kernkugel oder Coccosphäre.

von gewöhnlichen Hembdenknöpfchen oder Manschettenknöpfchen (Fig. Ba, Bb). Zwischen den ungeheuren Massen derselben kommen einzeln auch Kugeln vor, welche aus mehreren solchen Scheiben zusammen= gesetzt erscheinen: Kernkugeln oder Coccosphären (Fig. C). Alle diese geformten Kalkkörperchen scheinen lediglich Ausscheidungs= producte des Bathybius zu sein, und sich zu dessen nackten Ur= schleimstücken ebenso zu verhalten, wie die Kalknadeln oder Kiesel= nadeln eines Schwammes zu dessen lebendigen Zellen. Die ge= formten Kalkkörperchen des Bathybius sind deßhalb noch von besonderer Wichtigkeit, weil sie auch massenhaft versteinert vorkommen, und zwar in der weißen Kreide. Dadurch wird wiederum die längst aufgestellte Ansicht bestätigt, daß die Kreidelager Tiefseebildungen sind, verhärteter Schlamm, welcher in sehr bedeutenden Tiefen des offenen Oceans abgelagert wurde. Die Uebereinstimmung zwischen dem lebenden Bathybius=Schlamme und der fossilen Kreide wird dadurch vollständig, daß auch die Kalk= schalen der Globigerinen neben den Coccolithen und Coccosphären zu den Hauptbestandtheilen der Kreide gehören. Mit anderen Worten: der Bathybius=Schlamm, welcher noch heutzutage den Boden unserer größten Meerestiefen bedeckt, ist in Bil=

dung begriffene Kreide. Die Organismen aber, welche diese moderne Kreide bilden, sind weder Thiere noch Pflanzen, sondern lediglich Protisten.

Wenn man diese merkwürdigen Verhältnisse der lebendigen Tiefsee=Bevölkerung in eingehendere Erwägung zieht, so drängen sich eine Menge von bedeutsamen Fragen auf. Sei es mir schließlich gestattet, in Kürze noch auf zwei von diesen Fragen hinzuweisen, auf die Fragen von der Ernährung und von der Entstehungs=Weise derselben.

Die Ernährung des Bathybius und der übrigen Protisten, welche die Abgründe des Oceans zwischen 3000 und 30,000 Fuß beleben, erscheint außerordentlich räthselhaft. Bekanntlich besteht zwischen Thier= und Pflanzen=Reich im Großen und Ganzen in der Ernährungsweise ein durchgreifender Gegensatz, in der Art, daß beide organische Reiche sich gegenseitig ergänzen und in der Oekonomie der Natur das Gleichgewicht halten. Die Pflanzen besitzen meistens die Fähigkeit, aus sogenannten anorganischen Verbindungen, nämlich aus Wasser, Kohlensäure und Ammoniak, durch Sauer= stoff=Entbindung und Synthese eiweißartige Stoffverbindungen, und vor allem Protoplasma zusammen zu setzen. Diese Fähig= keit besitzen die Thiere nicht. Vielmehr müssen sie das Proto= plasma oder den Urschleim, den sie nothwendig für ihr Leben brauchen, direct oder indirect aus dem Pflanzenkörper beziehen. Das Thierleben setzt also eigentlich überall schon das Pflanzen= leben voraus.

Wenn wir nun, eingedenk dieses fundamentalen Wechselver= hältnisses, die Oekonomie des Meereslebens in Betracht ziehen, so begegnen wir zunächst der befremdenden Thatsache, daß gerade das Pflanzenleben schon in verhältnißmäßig geringer Tiefe gänz= lich aufhört. Während die Seethiere massenhaft bis zu 3000 Fuß Tiefe hinabgehen, und einzelne auch noch tiefer, so scheint dagegen das Pflanzenleben in der Regel schon bei 2000 Fuß völlig zu verschwinden. Man nimmt nun an, daß die unterhalb dieser Zone vorkommenden Thiere sich von den unsichtbar kleinen Theilchen von zersetzter organischer Substanz ernähren, die allenthalben im Meereswasser vertheilt sind. In der That ist das Seewasser, besonders in der Nähe der Küsten, keineswegs eine reine Salzlösung, sondern vielmehr eine Art von sehr dünner Brühsuppe. Denn von den zahllosen Thieren und Pflanzen, die täglich im Meere sterben, vertheilt sich immer ein kleinerer oder größerer Bruchtheil der Körpersubstanz, der nicht von anderen Thieren sogleich verzehrt wird, im Wasser. Wenn man nun aber auch seine Phantasie noch so sehr anstrengt, um sich das Meerwasser in der Nähe der Küsten als eine leidlich nahrhafte Bouillon vorzustellen, so gilt das doch keineswegs für den offenen Ocean und besonders für dessen tiefste Abgründe. Gerade hier aber fanden wir jenes wunderbar üppige Protistenleben, jene ungeheuren Protoplasma-Haufen des Bathybius und der Globigerinen. Daß diese alle sich allein von jener homöopathisch verdünnten Brühe, in der vielleicht auf hundert Milliontheile Wasser nur ein Theil organischer Substanz kommt, sollten ernähren können, erscheint bei nüchterner Erwägung aller hier einschlagenden Verhältnisse sehr unwahrscheinlich.

Wenn demnach einerseits die Ernährung des Bathybius-Schlammes durch die im Wasser aufgelöste minimale Quantität von organischer Substanz kaum glaublich erscheint, andrerseits aber die Ernährung jener ansehnlichen Protoplasma-Massen durch Pflanzen bei dem gänzlichen Mangel von Vegetation gänzlich ausgeschlossen wird, so bleibt kaum noch etwas Anderes übrig, als die Annahme, daß die freien Urschleim-Körper des Bathybius sich an Ort und Stelle unter dem Einflusse der eigenthümlichen hier waltenden Existenz-Bedingungen aus anorganischer Substanz bilden;

mit anderen Worten, daß sie durch Urzeugung entstehen. Vielleicht leitet uns die Entdeckung des Bathybius auf die lange gesuchte Spur von der spontanen, mechanischen Entstehung des Lebens. Theoretisch hat diese tiefgreifende biologische Grundfrage keine Schwierigkeiten mehr, seitdem die neuere Biologie den durchgreifenden Beweis von der Einheit der organi=schen und der anorganischen Natur geführt hat, und seitdem insbesondere die Moneren die letzten hier noch bestehenden Schwierigkeiten aus dem Wege geräumt haben. [8] Vielleicht ist in dem Bathybius bereits ein Organismus gefunden, der durch Zusammensetzung von Kohlenstoff, Sauerstoff, Wasserstoff und Stickstoff in bestimmten verwickelten Verhältnissen freies Pro=toplasma bildet, der also durch Urzeugung oder Archigonie, auf rein mechanischem Wege, sich selbst erzeugt. Wenigstens ließe sich diese Annahme gerade hier eher, als bei jedem anderen, bisher bekannten Organismus mit triftigen Gründen stützen. Sollte diese Vermuthung richtig sein, so würde sie eine glänzende Bestätigung des mystischen, von Oken prophetisch ausgesprochenen Satzes enthalten: „Alles Organische ist aus Schleim hervorgegangen, ist Nichts als verschieden gestalteter Urschleim. Dieser Urschleim ist im tiefen Meere aus anorganischer Materie entstanden."

Erklärung des Titelbildes.

Eine kleine Probe von Bathybiusschlamm bei einer Vergrößerung von 280. (Vergl. S. 25.)

a. Lebendige Urschleimstücke (Protoplasma-Cytoden) des Bathybius, ohne Kalkkörperchen (Coccolithen 2c).

a 1, a 2, a 3, a 4. Vier verschiedene Bathybius-Stücke von einfacher unregelmäßiger Form (Protamoeben-Form) mit lappenförmigen Fortsätzen.

a 5, a 6. Zwei kugelige Bathybius-Stücke ohne Hülle (Plasmosphären).

a 7, a 8. Zwei kugelige Bathybius-Stücke mit weicher hautartiger Hülle oder Cyste (Plasmocysten).

a 9. Ein großes netzförmiges Bathybius-Stück, aus vielen dünnen verschmolzenen Protoplasma-Strängen zusammengesetzt (Plasmodium).

b. Lebendige Urschleimstücke (Protoplasma-Cytoden) des Bathybius mit Kalkkörperchen (Coccolithen 2c.).

b 1. Ein amoebenförmiges Bathybius-Stück mit einem Coccolithen.

b 2. Ein amoebenförmiges Bathybius-Stück mit zwei Coccolithen.

b 3. Ein großes amoebenförmiges Bathybius-Stück mit zahlreichen Coccolithen und einer Coccosphäre.

b 4. Ein großes netzförmiges Bathybius-Stück, aus vielen dünnen verschmolzenen Protoplasma-Strängen zusammengesetzt, mit zahlreichen Coccolithen.

c. Freie, zwischen den lebendigen Protoplasmastücken des Bathybius in großer Menge zerstreute Kalkkörperchen (Coccolithen und Coccosphären).

c 1. Vier Coccolithen.

c 2. Fünf Coccolithen.

c 3. Drei Coccolithen.

c 4. Zwei Coccolithen.

c 5. Zwei Coccosphären.

d. Eine Diatomee (Coscinodiscus) mit kreisrunder scheibenförmiger wabiger Kieselschale.

e, f. Radiolarien oder radiäre Rhizopoden aus der Protistenklasse der Wurzelfüßer, mit gitterförmig durchbrochener Kieselschale.

e. Eucyrtidium, ein Radiolar aus der Gruppe der Cyrtiden. Die Kieselschale besteht aus sechs hinter einander liegenden ringförmigen Kammern, von denen die erste die kleinste und mit einem Kieselstachel besetzt ist, wie eine Pickelhaube. (Vergl. meine Monographie der Radiolarien, S. 319.)

f. Haliomma, ein Radiolar aus der Familie der Ommatiden. Die Kieselschale besteht aus einer doppelten Gitterkugel (einer inneren und einer äußeren). Die äußere Gitterschale ist mit sechs radialen Stacheln besetzt. Vergl. meine Monographie der Radiolarien, S. 425.)

g. Globigerinen, Polythalamien aus der Protistenklasse der Wurzelfüßer, mit poröser vielkammeriger Kalkschale.

g 1. Eine dünnschalige Globigerina mit 6 Kammern.

g 2. Eine dünnschalige Globigerina mit 8 Kammern.

g 3. Eine dünnschalige Globigerina mit 8 Kammern.

g 4. Eine dünnschalige Globigerina mit 10 Kammern.

g 5. Eine dünnschalige Globigerina mit 13 Kammern.

g 6. Eine dickschalige Globigerina mit 10 Kammern.

h. Einzelne abgelöste Kammern von Globigerinen, sogenannte Orbuliner.

h 1. Ein dünnschalige Orbulina.

h 2. Eine dickschalige Orbulina.

h 3. Ein Stück Kammerwand von einer dickschaligen Orbulina.

i. Textilaria, eine kalkschalige Polythalamie mit zweizeilig aufgereihten
Kammern.

m. Mineralische Bestandtheile des Bathybius-Schlammes, kleine Bruch-
stücke von zertrümmerten Gesteinen 2c.

Anmerkungen und Citate.

1) Das „biogenetische Grundgesetz“, oder das allgemein gültige
Entwickelungsgesetz von dem ursächlichen Zusammenhang zwischen der Entwickelung jedes organischen Individuums und der Formenreihe seiner Vor-
fahrenkette, habe ich ausführlich erörtert und begründet in meiner „Natürlichen Schöpfungsgeschichte“ (Gemeinverständliche wissenschaftliche
Vorträge über die Entwickelungslehre im Allgemeinen und diejenige von
Darwin, Goethe und Lamarck im Besonderen, über die Anwendung derselben auf den Ursprung des Menschen und andere damit zusammenhängende
Grundfragen der Naturwissenschaft). II. Auflage. Berlin 1870. Nach
diesem biogenetischen Grundgesetze können wir aus der Formenreihe, die jeder
Organismus während seines individuellen Lebens vom Ei bis zum Tode
durchläuft, uns eine ungefähre Vorstellung von den verschiedenen Formen
machen, welche die Vorfahren desselben im Laufe vieler Jahrtausende ange-
nommen haben. Wie man demgemäß auch von den verschiedenen thierischen
Vorfahren des Menschengeschlechts sich ein annähernd richtiges Bild ver-
schaffen kann, haben zwei frühere Vorträge dieser Sammlung gezeigt.
(III. Serie, Heft 52 und 53: Ueber die Entstehung und den Stamm-
baum des Menschengeschlechts.) Die Gesetze der Vererbung und der Anpassung, und die zwischen diesen beiden Funktionen beständig stattfindende
Wechselwirkung sind die einzige Ursache jenes realen Causalnexus
zwischen Ontogenesis und Phylogenesis.

2) Die ausführlicheren Resultate meiner mikroskopischen und chemischen Untersuchung des Bathybius-Schlammes, durch zahlreiche Abbildungen erläutert, habe ich in den „Beiträgen zur Plastidentheorie" mitgetheilt, welche in meinen „Biologischen Studien" (Leipzig, 1870; mit 6 Kupfertafeln) enthalten sind. Die Leser dieses Vortrages, welche dem Gegenstande ein tieferes Interesse abgewinnen, finden dort namentlich die weitreichenden Folgerungen, welche sich an den Bathybius-Schlamm für die wichtigsten Fragen der Biologie knüpfen, eingehend erörtert.

3) Die außerordentlich formenreiche und interessante Klasse der Wurzelfüßer oder Rhizopoden ist uns erst in den letzten zwanzig Jahren genauer bekannt geworden Sie lebt größtentheils im Meere, nur einige Arten kommen im süßen Wasser vor. Die Klasse besteht aus drei Ordnungen, den ganz einfach organisirten und meist mit einer Kalkschale versehenen Acyttarien, den höher entwickelten, meist mit Kieselschale gepanzerten Radiolarien, und der kleinen zwischen beiden Ordnungen in der Mitte stehenden Ordnung der nackten Heliozoen (Actinosphaerium Eichhornii, Cystophrys Haeckeliana etc.). Vergl. den 16. Vortrag meiner „Natürlichen Schöpfungsgeschichte" (II. Aufl. S. 386—391). Die Ordnung der Acyttarien zerfällt in die beiden Unterordnungen der Einkammerigen (Monothalamia) und der Vielkammerigen (Polythalamia). Die letzteren sind besonders dadurch von großer Bedeutung, daß ihre zierlichen Kalkschalen einen großen Theil des Meeressandes und Grundschlammes zusammensetzen. Wenn dieser im Laufe von Jahrtausenden zu festem Gestein verdichtet ist und dann in Folge geologischer Vorgänge als neues Gebirge über die Meeresoberfläche gehoben wird, so erscheinen die Polythalamien-Schalen als Hauptbestandtheile der Gebirgsmassen (so z. B. im Nummulitenkalk, Miliolidenkalk u. s. w.). Die Naturgeschichte dieser gebirgsbildenden kleinen Organismen ist uns vorzüglich durch die sorgfältigen Untersuchungen des ausgezeichneten Bonner Anatomen Max Schultze bekannt geworden (Der Organismus der Polythalamien. Leipzig, 1854).

4) Unter allen Organismen dürfte die Rhizopoden-Ordnung der Radiolarien insofern als die formenreichste angesehen werden, als innerhalb derselben alle die verschiedenen geometrischen Grundformen vorkommen, die überhaupt von den Organismen gebildet werden. Die meisten dieser Kieselschalen sind durch ebenso zierliche als regelmäßige Gestalt und Architectur ausgezeichnet, und doch sind alle diese merkwürdigen Formen nur das Product formlosen Urschleims oder Protoplasmas. Eine Auswahl dieser Formen enthält der Atlas von 35 Kupfertafeln, welcher meine Monographie der Radiolarien begleitet (Berlin, 1862).

5) Die Unterscheidung des neutralen Protistenreiches, welches zwischen Thierreich und Pflanzenreich mitten inne steht und wahrscheinlich zugleich die gemeinsame Wurzel dieser beiden Reiche darstellt, habe ich zuerst in meiner „Generellen Morphologie" durchgeführt (Berlin, 1862; I. Bd.

S. 215). Später habe ich in der „Monographie der Moneren" die Grenzen des Protistenreiches schärfer umschrieben und als vorzüglich charakteristisch für alle Protisten den gänzlichen Mangel geschlechtlicher Differenzirung und Zeugung hingestellt (Biologische Studien, I. Abschnitt). Vergl. auch den XVI. Abschnitt der „Natürlichen Schöpfungsgeschichte" (II. Aufl. S. 364).

6) Das Verhältniß der Zellen zu den Cytoden und ihre Zusammenfassung als Plastiden ist am ausführlichsten erörtert in meinen „Beiträgen zur Plastidentheorie" (Biologische Studien, II. Abschnitt). Die Natur der Zellen als selbstständiger Elementar-Organismen oder „Individuen erster Ordnung", welche den Kern der von Schleiden und Schwann 1839 aufgestellten „Zellentheorie" bildet, ist später vorzüglich von Brücke, Virchow und Max Schultze sehr eingehend gewürdigt worden. Vergl. namentlich Rud. Virchow: Vier Reden über Leben und Krankfein. Berlin, 1864. Vergl. ferner meine Tectologie oder Individualitätslehre (im dritten Buche der „Generellen Morphologie" Bd. I, S. 239).

7) Die ausführliche Beschreibung und Abbildung aller bisher beobachteten Moneren enthält meine „Monographie der Moneren" und die Nachträge zu derselben (Biologische Studien, I. und IV. Abschnitt, Taf. I—III und VI.). Kürzere Notizen darüber enthält der VIII. und der XVI. Abschnitt der „Natürlichen Schöpfungsgeschichte" (II. Aufl. S. 165 und 365). Das erste Moner, dessen ganze Naturgeschichte im Zusammenhange verfolgt wurde, ist der 1864 von mir bei Nizza beobachtete Protogenes primordialis. Werthvolle Beiträge zur Naturgeschichte der Moneren (Vampyrella und Protomonas) hat außerdem besonders Cienkowski geliefert (in Max Schultze's Archiv für mikroskopische Anatomie, I. Bd.).

8) Die Frage von der Urzeugung oder Archigonie (Generatio spontanea oder aequivoca), welche schon im Alterthum von vielen Philosophen erörtert und von den consequentesten Denkern als nothwendiges Postulat der monistischen oder einheitlichen Weltanschauung hingestellt wurde, ist durch die biologischen Fortschritte des letzten Decenniums wieder in den Vordergrund gedrängt und vielfach besprochen worden. Ein früherer Vortrag dieser Sammlung hat dieselbe ausführlich behandelt (August Müller: Ueber die erste Entstehung organischer Wesen und ihre Spaltung in Arten. I. Serie, Heft 13). Daß negative Experimente nicht im Stande sind, die ganze Frage negativ zu beantworten, und daß überhaupt der Schwerpunkt der Frage nicht auf dem Gebiete der experimentellen Empirie, sondern auf dem der consequenten Philosophie liegt, habe ich in meinen Untersuchungen über Urzeugung nachgewiesen (Generelle Morphologie, 1866. VI. Capitel, S. 167; Monographie der Moneren; und Natürliche Schöpfungsgeschichte, II. Aufl. S. 301).

In demselben Verlage erschienen:

Ueber

die Entstehung und den Stammbaum des Menschengeschlechts.

Zwei Vorträge

von

Dr. Ernst Haeckel,

Professor in Jena.

Zweite verbesserte Auflage.

1870. Preis 15 Sgr.

⁓⁓⁓⁓⁓⁓

Ueber

Arbeitstheilung

in

Natur= und Menschenleben.

Von

Dr. Ernst Haeckel,

Professor an der Universität zu Jena.

Mit 1 Titelbild in Kupferstich und 18 Holzschnitten.

1869. Preis 10 Sgr.

⁓⁓⁓⁓⁓⁓

Druck von Gebr. Unger (Th. Grimm) in Berlin, Friedrichsstraße 24.